I0551623

F. BOISSONNEAU

CE QUE C'EST QU'UNE MÈRE

COMMENT VOUS ACCROCHE L'AMOUR

BORDEAUX

TYPOGRAPHIE AUGUSTE LAVERTUJON

7, rue de Grassi, 7

1868

CE QUE C'EST QU'UNE MÈRE

COMMENT
VOUS ACCROCHE L'AMOUR

Ye

38788

F. BOISSONNEAU

CE QUE C'EST QU'UNE MÈRE

COMMENT
VOUS ACCROCHE L'AMOUR

BORDEAUX

TYPOGRAPHIE AUGUSTE LAVERTUJON

7, rue de Grassi, 7

1867

A MADAME A. H...

MADAME,

Il y a une témérité peu commune à vouloir dire devant une mère ce que c'est qu'une mère, parce qu'il y a des abîmes qu'il ne faut pas sonder, et des hauteurs qu'il ne faut pas mesurer.

Je ne me suis pas souvenu de mon impuissance ; — et voilà une première faute.

C'est à vous, Madame, qu'il aurait plutôt appartenu de mettre en relief toutes les richesses de mon sujet ; votre main, habituée à courir savamment sur un clavier, aurait savamment dirigé une plume ; et la plume, comme le clavier, aurait rendu des notes vraies et touchantes. Artiste, vous n'aviez qu'à regarder le ciel ; mère, vous n'aviez qu'à vous pencher sur votre cœur !...

Je me permets de vous offrir des vers où vous ne trouverez, Madame, rien de ce que vous auriez mis vous-même dans ces vers ; — et voilà une seconde faute.

Toutefois, là où je tremblais, je me rassure ; j'espère me sauver là où je me croyais perdu : je sais que les mères ont toujours en réserve les attentions les plus délicates pour les enfants pâles et chétifs ;..... mes vers sont des enfants,

Madame, et des enfants pâles et chétifs; ils peuvent donc s'autoriser de leur faiblesse pour aller à vous. Ils n'ignorent pas ce que vous ignorez avec tant de charme : c'est qu'en les accueillant, Madame, vous leur donnerez de la force; c'est qu'en leur souriant, vous leur donnerez de la grâce et de la valeur.

Je vous prie d'agréer, Madame, l'hommage de mon profond respect.

F. BOISSONNEAU.

26 octobre 1867.

CE QUE C'EST QU'UNE MÈRE

Mater... fons amoris.

I

Le savez-vous, enfants?... Essaims de têtes folles
Qui lisez gravement dans un livre, aux écoles...
     L'avez-vous bien appris?...
Vous qui savez déjà le calcul, la grammaire,
Les fleuves, les volcans..., savez-vous qu'une mère
     Est la chose sans prix?...

Non! vous n'y songez pas! Ce n'est pas à votre âge
Que l'on songe...; l'on tient pour un plus bel ouvrage
     De piller un verger;
De guetter un doux nid, d'y grimper, de l'abattre...
Et c'est bien de la sorte : aux enfants de s'ébattre,
     Aux vieillards de songer!...

Ainsi donc, vous vivez; c'est tout simple : une femme
Va, vient autour de vous, vous prodigue son âme;
     Vous avez, au réveil,
Des caresses, des fruits, du lait... que sais-je encore?...
Et vous partez, enfants, plus vermeils que l'aurore,
     Plus gais que le soleil!

Oh! vous êtes gentils! Vous avez des mains blanches,
De beaux habits tout neufs..., et puis, tous les dimanches,
      On vous donne des sous;
On joue, et vous jouez; et vous gagnez des sommes;
Et vous dites bientôt que vous êtes des hommes...,
      Des hommes comme nous!

Si, par quelque malheur, votre mignon pied saigne,
Vite... il faut qu'on accoure; il faut que l'on vous plaigne,
      Sinon vous tempêtez!
La femme est toujours là..., sans que vous sachiez même
Ce qu'elle vaut pour vous; combien elle vous aime,
      Combien vous lui coûtez!

Combien vous lui coûtez! Qui lira dans l'abîme
Le mot de cet amour? Quelle langue sublime
      Traduira ces vertus?...
Ce que c'est qu'une mère!... O prodige! ô délire!
Moi qui fais le savant, moi qui veux vous le dire...,
      Je n'en sais rien non plus!...

Oh! je sais seulement qu'en faisant les montagnes;
Qu'en faisant l'Océan et les vertes campagnes,
      Et les nuages d'or;
Et tout ce qu'on admire et tout ce qu'on révère...,
Dieu fit bien..., mais je sais qu'en faisant une mère,
      Dieu fit bien mieux encor!

La campagne sourit; la montagne s'élance;
Le nuage empourpré réfléchit l'astre immense;
      L'Océan est profond...;

Mais... quel autre trésor de grâce et de lumière,
De force et de grandeur... dans le cœur d'une mère !...
    C'est l'abîme sans fond !

II

    Ecoutez ! Le printemps déploie
    Son manteau constellé de fleurs ;
    Et ce sont des flots de senteurs,
    Des flots d'espérance et de joie !
    Du printemps voici le retour :
    Tout se réveille et tout s'agite ;
    Sous l'herbe et dans l'air tout palpite...
    Palpite... et palpite d'amour !

    O sainte ! ô féconde nature !
    La source, la plaine et les bois
    N'ont tous ensemble qu'une voix ;
    Et partout j'entends ce murmure :
    « Aimons-nous, et soyons bénis ! »
    Et l'être vers l'être se penche ;
    Le bouton jaillit de la branche,
    Et les arbres sont pleins de nids !

    Alors une vierge craintive
    Éprouve un doux frémissement ;
    Elle se demande comment...
    Comment la vie est plus active !

A ce grand banquet de l'amour,
Pourquoi serait-elle étrangère ?
Elle embrasse et quitte sa mère...
C'est pour être mère à son tour !

Un rayon de chaleur divine
Dans son âme s'est reflété ;
Et déjà la fécondité
Dilate sa jeune poitrine...
Dieu regarde et veille sans bruit ;
Le temps a marché ; l'heure sonne...
Et tel un fruit tombe à l'automne,
Tel se détache un autre fruit !

III

Elle est mère !... O moment suprême !
Jour solennel parmi les jours !
Des choses vous changez le cours ;
Vous changez la femme elle-même !
Tu lui dis, ô Maternité :
« Veux-tu de mon amer calice ? »
Elle te répond : « Sacrifice,
» Je te prends pour ma volupté ! »

Et maintenant, fraîches images
De ce que furent ses plaisirs ;
Et maintenant, gais souvenirs,
Passez avec tous vos mirages !

Passez avec vos ornements,
Avec des parfums sur vos têtes,
Vous, compagnes, qui dans les fêtes
Partagiez ses enivrements !

Passez avec plus de sourires,
Avec plus de chants dans vos voix ;
Passez plus belles qu'autrefois ;
Passez avec plus de délires !
Flottez... flottez à l'horizon...
Vous n'excitez pas son envie,
Car elle est morte à votre vie...
Et sa vie est une prison !

O puissance de la faiblesse !
O charmes d'un humble berceau !
Enfant si pur, enfant si beau,
C'est toi qui la retiens sans cesse !
Qui le dirait? C'est par tes bras,
Par tes bras qu'elle est enchaînée...
Elle est mère ! elle est condamnée
A souffrir ce que tu voudras !

Tu peux commander; elle est prête !
Capable de tous les efforts,
Et riche de tous les trésors,
A chaque instant, elle t'allaite...
L'amour aveugle est son conseil :
Et qu'importe qu'elle pâlisse,
Et qu'importe qu'elle maigrisse,
Quand tu deviens gras et vermeil ?...

Elle est à toi, cette mamelle !
Oh ! ne crains pas d'en abuser !
Oh ! ne crains jamais d'y poser
Ta lèvre doucement cruelle !
Si le lait manque... bois du sang !
Bois les pleurs que ta mère pleure...;
Épuise tout...; et qu'elle meure !
Tu seras toujours innocent !!...

Non ; je veux qu'elle vive encore...;
Vivre... sera bien plus amer !...
Je veux qu'elle achète plus cher
Le nom dont elle se décore !
Et voici les ingrates nuits
Qui font trembler sous sa paupière,
Une vigilante lumière...
Et les rêves se sont enfuis !

Voici les heures importunes ;
Toutes lui disent en passant :
« Que ton labeur soit incessant ;
» Nous n'y voulons pas de lacunes ! »
Elle obéit ! Elle est debout,
Plus matinale que l'aurore ;
Et lorsque le jour va se clore,
Elle est debout !... Elle est partout !

Tout en elle se multiplie :
Ses mains, ses oreilles, ses yeux !
Elle a des secrets merveilleux ;
Elle se dresse ; elle se plie...

L'obstacle... c'est son élément !...
Sa force est un enfant débile ;
Et c'est un enfant immobile
Qui produit tout ce mouvement !

Il s'éveille ! Il crie... ; elle vole !
Dans ces cris, elle souffre, hélas !
Tout le mal qu'il ne souffre pas !...
Elle est blême ; elle se désole ;
Elle a d'affreuses visions :
Voici les alarmes sans nombre
Qui jettent comme un voile sombre
Sur ce berceau plein de rayons !

Le vent gémit ; sous sa fenêtre,
Des oiseaux cherchent un abri...
Peut-être l'un d'eux a péri... ;
Son enfant périra peut-être ?...
Non ! l'hiver n'a pas de rigueur
Dont s'épouvante sa nature ;
Elle combattra la froidure
Avec les flammes de son cœur !

La mère pauvre est deux fois mère !
Oh ! qu'il m'est doux de l'exalter !
Elle ne va pas emprunter
Les faux soins d'une mercenaire...
Pour sa gloire, elle sait encor
Qu'il est des choses inspirées ;
Et qu'il est des choses sacrées
Que l'on profane avec de l'or !

IV

L'enfant grandit. Il veut apprendre...
Son œil, profond comme les cieux,
Darde ses regards curieux
Aussi loin qu'ils peuvent s'étendre...
Il faut que son avidité
De jour en jour soit apaisée :
Une fleur a soif de rosée ;
Son âme a soif de vérité...

La vérité..., chaste lumière ;
La vérité..., sainte liqueur...,
Qui la versera dans son cœur,
En la versant dans sa paupière ?
O mère !... c'est encore toi !
Ta mission n'est pas finie ;
Appelle encore ton génie,
Et, surtout, appelle ta foi !

La mère se fait attentive
Où l'enfant lui semble attentif ;
L'enfant parle ; il est tout naïf ;
Et la mère se fait naïve...
Où l'enfant veut bien s'amuser,
Il faut que la mère s'amuse !
Charmant calcul !... pieuse ruse
Dont une mère sait user !...

Et la mère à l'enfant dévoile,
Chaque jour, un secret nouveau ;
De l'insecte jusqu'à l'oiseau,
Du brin d'herbe jusqu'à l'étoile,
Elle fait naître le rayon,
Elle fait jaillir l'étincelle ;
Et l'enfant, chaque jour, épelle
Un mot de la création !

Le foyer plein de causerie ;
Le seuil qu'ombrage un pampre vert ;
Le champ... de blonds épis couvert ;
Le bois où dort la rêverie ;
L'eau qui jase sous le gazon ;
Les échos ; la plaine embaumée ;
Parmi les arbres, la fumée
Qui monte bleue, à l'horizon... ;

Le bourdonnement de l'abeille,
Quand le matin brille joyeux ;
Le soir triste et silencieux...
Tout prend une voix ; tout éveille
Dans la mère un doux sentiment ;
Tout... sur les lèvres de la mère,
Pour l'enfant se change en prière,
Et devient un enseignement !

Ame d'enfant, ô page blanche
Qu'aucun souffle encor ne ternit...,
Lorsque ta mère te sourit,
Que ta mère vers toi se penche...,

Crois-le bien, ce n'est pas un jeu !
Veux-tu savoir ce qu'elle imprime ?
Elle peint, artiste sublime,
La sublime image de Dieu !

O mères, que vous êtes grandes !
Y songez-vous..., y songez-vous ?...
On peut tomber à vos genoux ;
Vous tresser de nobles guirlandes !
Sans vous, le monde est arrêté ;
Arrière la philosophie !
Oui..., c'est à vous que Dieu confie
Les destins de l'humanité !!!...

V

L'enfant est devenu jeune homme.
La mère dit : « Voilà mon fils !
» Tel, un jour, je me le promis...,
» Tel je le vois, tel je le nomme !...
» Voilà mon fils ! » — Et puis, son œil
Des regards de son fils, s'enivre ;
Partout où son fils veut la suivre,
Elle le montre avec orgueil !

C'est son fils ! Oh ! comme il s'élance !
C'est l'arbre qu'elle a vu grandir ;
C'est l'arbre qui va se couvrir
Des mille fleurs de l'espérance !

C'est son fils ! Elle a bien souffert,
En épuisant toutes ses veines ;
Mais... pour ensevelir ses peines,
L'avenir riant s'est ouvert !

C'est son fils ! Elle est sur un trône
Que lui fait l'amour de son fils !
Elle est mère... ; elle a tout conquis !
C'est son fils ! voilà sa couronne !
Qu'elle est heureuse ! Elle a goûté
Tout ce que la vie a de charmes...
Elle pleure encor ; mais ses larmes
Sont des flots de félicité !

— O jeune homme, voilà ta mère !
Maintenant, que demandes-tu ?
De son sang et de sa vertu,
Elle t'a doté la première...
Elle n'a plus rien que des vœux
Pour ta jeunesse vertueuse...
Est-elle grande et généreuse ?
Seras-tu grand et généreux ?...

Tu le seras ! Ton cœur commande ;
Et le cœur est un souverain !
Lorsqu'une mère aime sans frein,
Il ne faut pas qu'un fils marchande !...
On ne sait trop bien s'inspirer,
En proclamant cette héroïne :
Je dis qu'une mère est divine !
Je dis qu'un fils... peut l'adorer !!...

VI

Revenez..., revenez..., souvenirs de ma mère...
De ma mère... aujourd'hui plus auguste et plus chère !...
Revenez ; j'ai besoin de revivre avec vous !
J'ai besoin de revoir l'ombre de ma jeunesse ;
Soyez des souvenirs de joie et de tristesse...
    Soyez-moi pénibles et doux !

O mère !... qui t'a fait cette décrépitude ?
Qui t'a fait ces langueurs et cette lassitude ?
Qui t'a fait ces soupirs qu'aucun jour n'interrompt ;
Et ces deux yeux éteints, et ces deux mains arides ?...
Qui t'a fait la pâleur, et qui t'a fait les rides
    Qui se répandent sur ton front ?...

Qui t'a fait..., qui t'a fait cette lente souffrance
Qui change en deuil si long... ta si courte existence !...
C'est ton fils ! c'est ton fils ! — Mère ! pardonne-moi !...
Majesté de ma mère, ô majesté sacrée !
Comme tu resplendis, majesté délabrée !
    Comment me tenir devant toi ?...

Jusqu'où donc m'incliner, s'il faut que je m'incline ?...
Comment broyer mon cœur en frappant ma poitrine ?...
Oh ! puisqu'on doit payer l'amour par de l'amour,
Je suis bien malheureux avec mon indigence... ;
Plus malheureux encor sans la riche espérance
    De pouvoir m'acquitter un jour !

Que ne m'est-il permis d'égaler ton génie,
Et d'avoir, un moment, ta tendresse infinie !
O mère ! si mon sang pouvait te rajeunir !
Je donnerais mon sang pour t'en faire un breuvage !
Je donnerais mon sang pour t'aimer davantage...;
    Et pour t'aimer.., jusqu'à mourir !!...

COMMENT VOUS ACCROCHE L'AMOUR

(Triolets)

Quand j'aimai, la première fois,
La chose me parut fort drôle...
J'avais l'âge pourtant, je crois,
Quand j'aimai, la première fois !
J'étais un simple villageois,
Et je ne savais pas mon rôle...
Quand j'aimai, la première fois,
La chose me parut fort drôle !

Je m'en allais seul, un matin,
Dans la saison des pâquerettes ;
C'était sur le bord d'un chemin...
Je m'en allais seul, un matin.
De parfums l'air était tout plein ;
Pleins les buissons de chansonnettes...
Je m'en allais seul, un matin,
Dans la saison des pâquerettes !

Je m'en allais endimanché,
Sans prendre garde à l'aubépine...
Soudain, je me sens accroché ;
Je m'en allais endimanché !

Un accroc n'est pas un péché ;
Mais... j'avais une triste mine...
Je m'en allais endimanché,
Sans prendre garde à l'aubépine !

Que faire?... et comment me montrer ?...
Comment me montrer à la ville?...
J'étais prêt à me retirer...   •
Que faire?... et comment me montrer?...
C'était à se désespérer ;
Ce seul accroc en valait mille !
Que faire?... et comment me montrer?...
Comment me montrer à la ville?...

Je pestais contre le destin,
En songeant à ma pauvre veste...
Je l'appelais traître, vilain ;
Je pestais contre le destin !
Sur l'heure..., dans un pré voisin,
Je vis une fille céleste !...
Je pestais contre le destin,
En songeant à ma pauvre veste !

Que croyez-vous qu'elle faisait
Sur le gazon, la jeune fille?...
Qu'elle rêvait?... qu'elle lisait?...
Que croyez-vous qu'elle faisait?...
Pour mon bonheur, elle cousait,
Bien attentive à son aiguille !
Que croyez-vous qu'elle faisait
Sur le gazon, la jeune fille?...

Je fis un pas..., je fis deux pas ;
Je fis cinq ou six pas vers elle... ;
Et timide, et parlant tout bas,
Je fis un pas ; je fis deux pas...
· « Voyez un peu mon embarras ;
» Voyez un peu, Mademoiselle !... »
Je fis un pas ; je fis deux pas ;
Je fis cinq ou six pas vers elle !

En me voyant, elle sourit...
Si vous saviez de quel sourire !
Et puis... et puis elle comprit ;
En me voyant, elle sourit !
Dans ses fines mains, elle prit
Ma veste... cela va sans dire !
En me voyant, elle sourit...
Si vous saviez de quel sourire !

Elle cousait, cousait encor...
Et nous parlions de bien des choses...
Nos deux voix prenaient leur essor ;
Elle cousait, cousait encor !
Nous parlions des papillons d'or ;
Nous parlions des nids et des roses...
Elle cousait, cousait encor...
Et nous parlions de bien des choses !

Elle dit qu'elle avait seize ans ;
Que les arbres étaient en sève...,
Et qu'elle était née au printemps...
Elle dit qu'elle avait seize ans !

Comme du miel coulait le temps,
Et nous ne demandions pas trève !
Elle dit qu'elle avait seize ans ;
Que les arbres étaient en sève !

Elle avait cousu... s'il vous plaît...
(Et c'était là le plus risible)
Bien plus, bien plus qu'il ne fallait !
Elle avait cousu... s'il vous plaît !...
Mon accroc n'étant du tout laid,
Je voulus partir... — Impossible !
Elle avait cousu... s'il vous plaît...
Et c'était là le plus risible ! ·

En regardant ce doux profil,
J'avais fait une belle affaire !
Je m'étais pris... pris par un fil,
En regardant ce doux profil !
Et comment cela se fit-il ?
Mon Dieu ! c'est un profond mystère !
En regardant ce doux profil,
J'avais fait une belle affaire !

Comment vous accroche l'amour ?
Il vous surprend..., le bon apôtre !
Que chacun apprenne à son tour
Comment vous accroche l'amour !
Il me joua ce joli tour ;
Mais il ne m'en joua pas d'autre...
Comment vous accroche l'amour ?...
Il vous surprend..., le bon apôtre !...

www.ingramcontent.com/pod-product-compliance
Lightning Source LLC
Chambersburg PA
CBHW070910200626
46818CB00006BA/2460